UN AMOUREUX SECRET

Pour Loryane Naomie et Izoenne.
A. C.

**NOUS SOMMES TOUS DIFFÉRENTS,
DONC TOUS EXCEPTIONNELS.**

PROVERBE ARAMÉEN

Éditions Play Bac, 14 bis, rue des Minimes, 75003 Paris ; www.playbac.fr

kinra girls

UN AMOUREUX SECRET

MOKA

ILLUSTRATIONS
ANNE CRESCI

playBac

kinra girls

Kumiko est japonaise. C'est une peintre talentueuse, qui aime aussi la photo et la mode. **Son animal totem est le serpent.**

Idalina est espagnole. Elle joue de la guitare et c'est une superbe chanteuse de flamenco. **Son animal totem est la loutre.**

Naïma est afro-américaine. Son père est américain et sa mère vient d'Afrique. Le cirque est sa passion. **Son animal totem est le blaireau.**

Rajani est indienne. Elle adore danser, surtout les danses traditionnelles de son pays. **Son animal totem est le corbeau.**

Alexa est australienne. Elle souhaite devenir championne d'équitation. **Son animal totem est le coyote.**

Amis
des Kinra Girls

Ennemies
des Kinra Girls

M. MEYER
le directeur

MISS DAISY
l'assistante du directeur

MME BECKETT
le professeur d'anglais

MAÎTRE WANG
le professeur de dessin

SIGNORA DELLA TORRE
le professeur de chant

MME JENSEN
le professeur de danse

M. RAMOS
le professeur de guitare

MME GANZ
le professeur d'art dramatique

RAINER
le professeur d'équitation

M. BROWN
le professeur de mathématiques

M. DOUGLAS
le professeur d'histoire-géographie

EMMA
l'infirmière

LUIGI
le chef cuisinier

JOSEPH LAPOINTE
(ou Mato Sapa)
le gardien de nuit

M. WOLF
l'ancien propriétaire de Nelson

Chapitre 1

Enfin seule ! (Mais est-ce une bonne chose ?)

Alexa, le dos appuyé contre le mur, regardait le cheval Nelson.

– Alors il faut t'appeler Petit Tonnerre maintenant ? dit-elle à mi-voix. Hum... pardon. Ton vrai nom est ***Waki... Wakinyan Chikala***. Voyons si ça marche. ***Wakinyan Chikala***.

Elle répéta le nom plusieurs fois sur le même ton calme pour ne pas affoler le cheval. Nelson paraissait plus intéressé par le contenu de sa mangeoire que par Alexa.

Ce n'était pas très concluant ! Mais peut-être fallait-il être un Indien Sioux lakota pour être obéi… comme Joseph ***Mato Sapa*** Lapointe, le nouveau gardien de nuit de l'Académie Bergström[1].

Mato Sapa – ce qui signifie Ours Noir – était arrivé depuis peu. Et il avait plutôt fait sensation en rattrapant Nelson qui s'était échappé de son enclos. Le cheval, que personne ne pouvait approcher, avait gentiment suivi le géant sioux jusqu'à son box. Il l'avait même laissé le toucher. Incroyable ! Mato Sapa prétendait que Nelson n'écoutait pas tout simplement parce qu'il ne portait pas le bon nom. Il l'avait rebaptisé ***Wakinyan Chikala***, « Petit Tonnerre » en langue lakota.

Alexa avança de deux pas, prenant garde à ne faire aucun mouvement brusque.

– ***Wakinyan Chikala.***

1. *Voir le tome 14 des Kinra Girls,* Le coyote s'en mêle.

Chapitre 1

Ah, tiens ? Nelson avait tourné une oreille. Encore un petit pas vers lui… Brusquement, le cheval frappa le sol de son sabot. Ouais, bon. Ce n'était pas gagné ! Visiblement, Petit Tonnerre n'était pas d'humeur. Pour ne pas l'énerver davantage, Alexa préféra quitter l'écurie. Elle repartit vers le château sous le soleil éclatant. Quel bonheur, un samedi matin ensoleillé ! Le printemps s'annoncerait-il enfin ? Ce n'était pas l'unique bonne nouvelle de la semaine : Michelle, la colocataire d'Alexa, avait plié bagage et était retournée chez elle. Elle était trop malheureuse à l'école. D'après Miss Daisy, cela se produisait assez souvent avec les plus jeunes élèves. C'était dur pour des enfants de leur âge d'être séparés de leur famille. La première journée sans Michelle, Alexa l'avait vécue comme une délivrance. Plus de peste dans le lit d'à côté ! Une salle de bains rien que pour elle ! Et du calme ! Ah, oui, quel soulagement ! Et puis… plus personne avec qui discuter, le soir. Pour Alexa qui était bavarde, ce n'était finalement pas si drôle que ça. À plusieurs reprises, elle s'était surprise à parler toute seule. Horreur ! Michelle lui manquait !

Il y avait plus étrange. Désormais, Alexa se réveillait brusquement au milieu de la nuit. Les yeux grands ouverts, elle attendait un sommeil qui ne revenait pas.

Chapitre 1

C'est fou ce qu'on pouvait voir dans une ombre sur le mur. Était-ce celle de l'arbre derrière la fenêtre ? Un nuage passant devant la lune ? Ou bien… une sorcière sur son balai qui volait dans le ciel ! Ou le fantôme d'Augustus Löwe, le constructeur du château ! Un monstre sorti du placard ! Dans l'obscurité, le silence paraissait inquiétant. Et c'était encore pire quand il était troublé par le grincement d'une porte, le craquement des lames du parquet ou le sifflement du vent. L'intrépide Alexa, qui n'avait bien sûr jamais peur, sursautait au moindre bruit. C'était vexant.

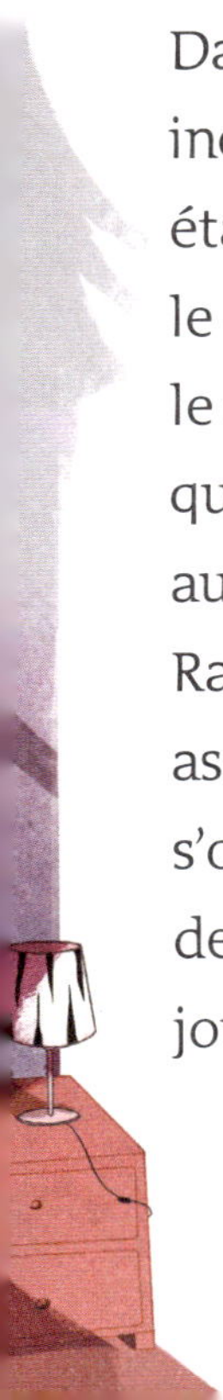

Rajani et Naïma attendaient l'Australienne, assises sur les marches du perron. Elles s'occupaient en commentant le match de foot en cours. En passant devant les joueurs, Alexa cria : « Allez, Louise ! »

– C'est vrai qu'elle est douée, notre

Louise, remarqua Naïma.
Rajani acquiesça en souriant. Alexa s'installa près de ses deux amies pour suivre le match jusqu'à la fin. Deux à zéro pour l'équipe de leur camarade de classe.

– J'espère que M. Meyer va lever l'interdiction de se promener dans la forêt, déclara Naïma. Ça fait un moment qu'il n'a pas plu. La rivière ne doit plus être en crue, non ?

– Je poserai la question quand j'irai chercher Jazz après le déjeuner, répondit Alexa.

– Je ne voudrais pas être désagréable, dit Rajani, mais tu sens l'écurie.

– Ben oui ! J'ai nettoyé les box, figure-toi ! Normalement, c'était le tour d'un autre élève d'être de corvée. Mais il s'est foulé la cheville à l'entraînement, ce ***drongo***[2]. Je me suis portée volontaire pour le remplacer.

– Ah bon ! Je croyais que tu étais juste allée rendre visite à Nelson.

– ***Wakinyan Chikala***, la corrigea Naïma.

Alexa haussa les épaules. Ça commençait à

2. Drongo *(en argot australien) : idiot, gros nul.*

l'énerver, cette histoire… parce que le cheval ne l'écoutait toujours pas, nom indien ou pas ! Elle prit congé pour aller se doucher et se changer.

En entrant dans sa chambre, son pied dérapa sur quelque chose. Elle se pencha et ramassa une enveloppe blanche par terre. Tiens ? Quelqu'un avait dû la glisser sous sa porte. Alexa la décacheta et en sortit une feuille pliée en deux.

« Mon cœur est rempli d'étoiles quand je pense à toi. »

– Hein ? murmura-t-elle avant de relire la phrase. Qu'est-ce que c'est que ce truc ?

Il n'y avait pas de signature. L'auteur de la lettre s'était sûrement trompé de destinataire ! Cette idée la fit rire. Sous la douche, elle se demanda à qui le message pouvait s'adresser. Les deux chambres contiguës à la sienne étaient occupées par des élèves de dernière année. Le mystérieux amoureux n'était pas très malin de ne pas avoir écrit de nom sur l'enveloppe. La mauvaise colocataire aurait pu la trouver. Alexa fronça les sourcils en se souvenant qu'elle n'avait plus de colocataire, elle ! Non... ce n'était pas possible ! Un garçon serait amoureux d'elle ?

Un peu perturbée, Alexa se sécha en vitesse. Elle avait hâte de rejoindre ses amies pour le déjeuner. Quand elle entra dans le réfectoire, Kumiko filmait le chef Luigi. Le cuisinier de l'Académie Bergström donnait la recette de ses célèbres pâtes à la bolognaise. Il était très drôle à regarder. Visiblement, ça lui plaisait de jouer les stars !

– Merci, chef ! dit Kumiko. Vous étiez parfait.

– *Buono, buono*[3] *!* répondit Luigi. Tu es sûre que tu as eu mon bon profil ?

– Oui, oui, chef ! C'était super !

Kumiko fila avant qu'il lui propose la recette des carottes râpées. Satisfaite, elle s'assit près de Naïma.

– Mon film sur l'école avance bien, commenta-t-elle. Ce qui manque, c'est le village abandonné, le moulin et le cimetière...

– Et les souterrains, ajouta Idalina.

– Mais ça, je ne peux pas ! objecta Kumiko. Vous imaginez la réaction de M. Douglas s'il apprenait qu'on...

Elle baissa la voix pour ajouter :

3. Buono *(en italien) : bon, bien.*

– … a découvert des passages secrets sous le château.

M. Douglas, le professeur d'histoire-géographie, dirigeait l'atelier vidéo où Kumiko s'était inscrite. Il contrôlait tout ce que ses élèves filmaient.

– Ouais, ben, il y a longtemps qu'on ne fait plus rien, grommela Alexa.

– Comment veux-tu ? rétorqua Rajani. N'oublie pas qu'il y a un gardien. Et ne va pas te mettre dans la tête que tu es capable de tromper la vigilance de M. Lapointe.

Elle craignait qu'Alexa ne soit tentée de reprendre l'exploration des souterrains. Tant que Michelle était là, il était difficile pour l'Australienne de quitter sa chambre pendant la nuit. Maintenant qu'elle était seule, Alexa risquait de multiplier les bêtises…

– Il fait tellement beau, aujourd'hui, remarqua Naïma. Qu'est-ce qu'on décide pour cet après-midi ?

– On résout une énigme ! s'exclama Alexa.

Elle leur montra la lettre. Idalina, aussitôt, se mit à rêver du mystérieux amoureux.

– Quelle chance tu as... soupira-t-elle.

– Ça ne va pas, non ? protesta Alexa. D'abord, j'ai déjà un amoureux ! Et puis, qu'est-ce que c'est que cette façon de faire ?

– Mais c'est tellement romantique ! répondit Idalina. « Mon cœur est rempli d'étoiles quand je pense à toi... » C'est un poète...

Alexa la fusilla du regard. Elle ne devait pas être sensible à la poésie.

– Peut-être que le message était pour Michelle, suggéra Rajani. Un garçon qui

aurait voulu lui avouer ses sentiments avant qu'elle parte.
– Il ne serait pas très observateur, dit Alexa. Michelle n'est plus là depuis une semaine !
– Étudions l'objet comme les vrais détectives, proposa Kumiko. Que pouvons-nous déduire de la lettre ? Je note que la phrase est écrite en lettres bâton. L'auteur l'a sûrement fait exprès pour qu'on ne puisse pas l'identifier. C'est plus difficile de reconnaître l'écriture de quelqu'un qui écrit de cette manière.
– Il n'a pas signé non plus, ajouta Naïma. Il ne veut pas qu'on sache qui il est. Et si c'était une plaisanterie ?
– Dans ce cas, il a intérêt à courir vite, le rigolo, gronda Alexa. Parce que si je lui mets la main dessus...
– Il faut relever les empreintes digitales

sur le papier ! déclara Kumiko.

– Ça y est, elle se prend pour Sherlock Holmes[4] ! s'amusa Rajani.

– Et tu veux les comparer à quoi, tes empreintes ? demanda Alexa. À celles de toutes les personnes qui habitent dans le château ?

Kumiko se renfrogna. Bon, si on ne voulait pas de son aide, hein, elle ne dirait plus rien, na.

– Attendons la prochaine lettre, conseilla Idalina.

4. Sherlock Holmes : célèbre détective privé, héros des romans du Britannique Arthur Conan Doyle.

– Quoi ? Il va y en avoir d'autres ? s'écria Alexa.

– C'est évident, affirma Idalina. Maintenant qu'il a eu le courage d'écrire une fois, le poète recommencera. Et alors, on aura une chance de… comment ça s'appelle déjà quand on surprend un voleur en train de cambrioler une maison ?

– Flagrant délit, compléta Kumiko.

Zut, elle n'avait pas réussi à se taire bien longtemps ! Kumiko était une fan des séries policières à la télé. Elle avait très envie de mener l'enquête…

– Oui, c'est ça, acquiesça Idalina. On va le coincer en flagrant délit !

– On ne peut pas monter la garde dans le couloir ! remarqua Rajani.

– Faudrait le piéger, dit Kumiko d'un air songeur.

– C'est ça, je vais poser un piège à ours devant ma porte, rétorqua Alexa avant d'éclater de rire. Mais je risque d'attraper Mato Sapa !

Chapitre 2

Merci au dieu Soleil !

Le samedi, le chien du directeur avait droit à une longue promenade. Il était l'heure d'aller le chercher. Idalina et Kumiko accompagnèrent Alexa sans cesser de lui poser des questions. Avait-elle remarqué quelque chose d'inhabituel récemment ? Avait-elle parfois l'impression d'être suivie ? Un garçon se montrait-il particulièrement gentil avec elle ? Ou, au contraire, très désagréable ?

– Comment ça ? s'étonna Alexa.

– Quand une fille plaît à un garçon, il est souvent odieux avec elle, dit Idalina. L'inverse est vrai également.

– Vous en avez fini avec votre interrogatoire ? Vous êtes pires que la police ! Tiens donc... j'aperçois Ruby qui entre dans le bureau. Qu'est-ce qu'elle va y faire ?

Alexa recommanda à ses amies de garder le silence. Elles s'approchèrent à pas feutrés de la porte fermée. Et ce qu'elles entendirent au travers les stupéfia. Ruby demandait à Miss Daisy que sa colocataire déménage dans la chambre d'Alexa !

– Pardon ? lui répondit Miss Daisy.

– Eh bien, oui. Pourquoi Jennifer ne pourrait-elle pas prendre la place de Michelle ?

– Pour que tu aies ta chambre pour toi toute seule, c'est ça ? Sors d'ici avant que je me fâche pour de bon !

Kumiko fit signe aux deux autres de reculer rapidement vers le hall. Quand Ruby réapparut dans le couloir, elle semblait furieuse.

– Salut, Ruby, la vie est belle ? lui lança Alexa d'un air goguenard[5].

La peste ne daigna pas lui adresser le moindre regard.

– Non mais vous le croyez, ça ? s'indigna Idalina. Jennifer est sa copine, non ?

5. *Goguenard : qui se moque, qui plaisante.*

– Peuh ! cracha Kumiko. Ruby n'aime qu'elle-même ! Son animal totem doit être la punaise ! Ou la guêpe... Le ver de terre, peut-être ?

– N'insulte pas les vers de terre, ils sont utiles, eux ! plaisanta Alexa.

Grâce à Mato Sapa, les Kinra Girls avaient découvert leurs animaux totems[6]. Le totémisme existe dans plusieurs parties du monde mais il est particulièrement important chez les Amérindiens et les Aborigènes d'Australie. Un totem peut être un animal, une plante, une pierre ou un objet. C'est le protecteur d'une personne ou d'un clan. Pour les Indiens d'Amérique, c'est souvent un animal qui vous conseille, vous aide et vous soigne. C'est un ami fidèle et un guide. Par exemple, les Aborigènes croient que si votre totem est un crocodile, vous ne risquez rien à vous aventurer dans

6. *Voir le tome 14 des Kinra Girls,* Le coyote s'en mêle.

une région infestée de ces animaux.

L'animal totem peut se manifester en rêve. Rajani le savait bien car elle était parfois « visitée » par un corbeau, un oiseau considéré comme magique. Quand le corbeau apparaissait dans ses rêves, c'était pour lui délivrer un message. Lors de leur voyage au Japon, Rajani avait rêvé du corbeau[7]. Celui-ci l'avait prévenue de la tempête qui les menaçait. Mais, à l'époque, les Kinra Girls ignoraient tout de leurs animaux totems...

Alexa entra dans le bureau de Miss Daisy pour en ressortir presque aussitôt. M. Meyer s'était absenté. Pas de promenade avec le chien, aujourd'hui.

– Bonne nouvelle, annonça-t-elle à ses

7. *Voir le tome 5 des Kinra Girls,* Destination Japon.

camarades. Miss Daisy m'a dit que la rivière n'était plus en crue. On a le droit d'aller dans la forêt !

– Génial ! s'écria Kumiko.

Puis elle baissa la voix pour ajouter que c'était l'occasion de reprendre leur exploration du village abandonné.

En traversant le hall, elles remarquèrent que M. Lapointe avait déjà repris sa place préférée, au pied de l'escalier. De là, il observait les allées et venues des élèves.

– Il ne dort jamais ou quoi ? bougonna Alexa.

– Il n'est pas là quand on descend pour le petit déjeuner, en tout cas, répondit Kumiko. Il serait intéressant de connaître l'heure à laquelle il va se coucher.

– Pourquoi ? demanda Idalina.

– Parce qu'on pourrait peut-être retourner dans les souterrains sous le château avant que tout le monde se réveille, murmura Kumiko.

– Laissez tomber, intervint Alexa. M. Meyer se lève avec les poules. Et là où il y a le directeur, il y a Jazz. Ce chien a un flair redoutable. Il nous repérera en deux secondes !

Alexa avait à peine fini de parler qu'elle réfléchissait déjà au moyen de tromper la vigilance des adultes. Oui, certes, M. Meyer était debout très tôt... Cependant, il n'était pas là tous les matins. Il lui arrivait de partir le samedi soir pour passer le dimanche en famille. Kumiko avait raison : il fallait apprendre quand Mato Sapa quittait son poste !

L'animal totem d'Alexa était ***Sunkmanitu***[8], le coyote. ***Sunkmanitu*** est le héros de nombreuses histoires indiennes, toutes plus amusantes les unes que les autres. Drôle de héros ! À force de fourrer son nez pointu là où il ne faut pas, le coyote se retrouve dans de bien dangereuses situations. Néanmoins, le fripon s'en tire toujours sans dommages ! On l'accuse

8. Sunkmanitu *se prononce « cheunkmanitou ».*

parfois d'être sournois, mais **Sunkmanitu** met aussi sa ruse et son imagination au service des faibles. Il ne craint pas de jouer de vilains tours aux puissants. D'ailleurs, il n'a peur de personne ! Un conte sioux dit que lorsqu'on entend rire le coyote, c'est de nous qu'il se moque. Tel était le protecteur d'Alexa… qu'elle écoutait peut-être un peu trop ! Naïma et Rajani attendaient leurs amies sur le perron de l'école.

– Ça sent le printemps ! s'exclama Idalina dès qu'elle franchit la porte.

– Le printemps sent le mouillé, alors, commenta Naïma en reniflant.

– C'est la pelouse, enfin ce qu'il en reste, qui dégage cette odeur, expliqua Alexa. La terre est encore très humide et elle chauffe sous les rayons du soleil. Donc, en fait, ça sent plutôt le moisi…

– Vous êtes déprimantes, toutes les

deux ! protesta Idalina. Il fait beau, réjouissons-nous ! Merci au dieu Soleil !
– Au Japon, dans la religion shinto, le Soleil est une déesse, répondit Kumiko. C'est Amaterasu. On croit qu'elle est l'ancêtre de la famille impériale. C'est pour ça qu'on doit une obéissance sans limites à l'empereur du Japon. C'est un dieu vivant.
– Même encore maintenant ? s'étonna Idalina.
– Pour certains Japonais, oui. Mais l'empereur n'a plus tellement de pouvoir. C'est comme la reine d'Angleterre. Et en Inde, le Soleil est un garçon ou une fille ?
– C'est Sûrya et c'est un dieu, dit Rajani. Il est très important. Tous les jours, au lever et au coucher du soleil, les hindous récitent un mantra spécial, le *Gâyatrî,* l'hymne au Soleil. Un mantra, c'est une

formule sacrée, une sorte de prière. La coutume veut qu'on récite les mantras en faisant tinter des clochettes.

– Tiens ? Nous aussi, on se sert de cloche pour prier les dieux, remarqua Kumiko. Il y a souvent un gros grelot dans les temples et les sanctuaires. On le fait sonner, on salue deux fois, on formule un vœu, on tape deux fois dans les mains et on salue une dernière fois.

– Faire un vœu, ce n'est pas pareil que prier ! objecta Idalina.

– Les Japonais ont toujours quelque chose à demander aux Kamis[9] ! rit Kumiko.

– Et au Bénin ? s'informa Rajani. Fille ou garçon ?

– Garçon, répondit Naïma. Lisa le Soleil et Mawu la Lune sont jumeaux. Alors, en fait, on ne les sépare pas et on les appelle Mawu-Lisa. Ils sont deux mais ils ne

9. Kami : divinité de la religion shinto. Il y aurait plus de huit millions de Kamis !

font qu'un. À ton tour, Alexa ! Qui est la divinité du Soleil pour les Aborigènes ?
– C'est Yhi. Ce n'est pas tout à fait une déesse, c'est un des Esprits du Temps du rêve.
– Qu'est-ce que c'est, le Temps du rêve ? demanda Idalina.
– C'est très compliqué, dit Alexa. L'oncle de mon copain Jimmy a essayé de m'expliquer un jour et je n'ai pas vraiment tout compris. Les Esprits les plus anciens habitent dans un pays mystérieux, dans un espace et un temps différents des nôtres. C'est un peu

comme un univers parallèle, une autre dimension où la pensée dirige tout. Ce qui s'est passé, c'est que le Grand Esprit, Baiame, s'est endormi. Il s'est mis à rêver du passé, du présent et de l'avenir. Et en rêvant du futur, il est devenu très agité. Il a fait un cauchemar et tout son corps a commencé à vibrer. Ces vibrations ont ranimé Nungeena, l'Esprit de la Nature, Punjel, l'Architecte de l'Univers, et Yhi. Ensemble, ils ont décidé de créer le rêve de Baiame. C'est comme ça que notre monde est né.

Tout en discutant, les Kinra Girls étaient arrivées à la forêt. Kumiko proposa de poursuivre leur exploration des souterrains sous l'église. Mais elles avaient oublié de prendre la clé d'or et la roue de fer qui ouvraient les portes et le passage sous la statue de la chapelle[10]. Aucune n'avait envie de rebrousser chemin. Et puis, c'était dommage de se promener sous terre alors qu'il faisait aussi beau ! Cependant, sous les arbres, la chaleur n'était pas au rendez-vous. Les cinq filles se dépêchèrent de traverser les bois pour gagner le village abandonné. Devant le moulin, elles s'assirent en rond et profitèrent des bienfaits du dieu-déesse Soleil...

10. Voir les tomes précédents des Kinra Girls.

Chapitre 3

Un beau cadeau caché dans la forêt

Kumiko n'était pas du genre à rester immobile bien longtemps. Son indispensable caméra à la main, elle filmait le moulin, le pont et la rivière. Pliée en deux par-dessus le parapet, elle se pencha si bas qu'un de ses pieds décolla du sol.

– Hé ! lui cria Rajani. Attention ! Tu vas tomber !

Kumiko se redressa et sourit en se retournant.

– J'ai fait un gros plan. C'est très joli, l'eau qui tournoie autour des rochers...

La rivière est vert pâle dans la lumière. On dirait une glace à la menthe !

– Et elle est sûrement presque aussi froide, remarqua Idalina.

– Bon, on y va ? les pressa Kumiko. Je voudrais filmer le village avant que le soleil disparaisse derrière les arbres. Vivement que les jours rallongent...

En franchissant le pont, Naïma jeta un regard en contrebas. Le niveau de l'eau avait effectivement baissé mais le courant semblait toujours violent. Brusquement, elle se figea, à la grande surprise d'Idalina qui la suivait de près.

– Oups ! fit celle-ci en se cognant dans son dos. Désolée ! Qu'est-ce qui t'arrive ?

– Je viens de me souvenir du mystérieux visiteur[11], répondit Naïma.

11. *Voir les tomes précédents des Kinra Girls, en particulier le tome 8,* Le Royaume des ombres. *Le mystérieux visiteur est M. Wolf, l'ancien propriétaire de Nelson. Il s'introduisait en cachette dans la propriété pour y chercher le trésor.*

– Il est en prison, lui rappela Rajani. Nous n'avons plus rien à craindre.

– Je le sais. Mais avec tout ce qui s'est passé, on a complètement oublié une chose super importante !

– Quoi donc ? demanda Idalina.

– Comment le visiteur entrait dans le domaine ! dit Naïma.

– Le canot ! s'exclama Alexa. Oh oui ! Il est du bon côté de la grille !

– Du bon côté ? répéta Rajani. Je ne comprends pas.

– Réfléchis ! répliqua Alexa. Ce sale bonhomme de visiteur a été capturé ici, dans le moulin ! Il a forcément laissé son canot pneumatique quelque part dans notre forêt ! Et il y est toujours !

Rajani fronça les sourcils.

– Je devine l'énorme bêtise que tu es en train d'imaginer…

– Quoi ? protesta Alexa. D'abord, c'est l'idée de Naïma. Et puis, mon père pilote un gros bateau sur la rivière Adélaïde[12], je m'y connais, moi, en navigation !

– Ben voyons ! se moqua Rajani. Ton père pilote et c'est toi la spécialiste ! Et un canot pneumatique ne se conduit pas comme un navire plein de touristes !

– En effet, c'est beaucoup plus facile, riposta Alexa.

– Ce serait amusant de se promener sur la rivière, dit Idalina.

– Non ! cria Rajani. Non et non !

Elle croisa les bras, l'air buté. Kumiko, qui jusque-là avait écouté en silence, prit la parole.

– On peut quand même aller voir si le canot est toujours là...

– Ah, d'accord, grommela Rajani. Vous êtes toutes contre moi.

12. *Voir le tome A des Kinra Girls,* Le Code secret d'Alexa.

– Bien sûr que non ! l'assura Idalina. Mais Kumiko a raison, rien ne nous empêche de vérifier.

Alexa ajouta qu'il n'était pas question d'utiliser l'embarcation aujourd'hui. Tant que le courant restait aussi fort, le risque était trop grand. Rajani accepta, avec réticence, d'accompagner ses amies.

Au-delà du village, la forêt était difficilement praticable. Il n'y avait plus de chemin et les buissons épineux y poussaient en abondance. Il était impossible de suivre le cours de la rivière dont les abords étaient très escarpés à cet endroit.

Entre les branches toujours dénudées des arbres, Idalina aperçut la haute grille qui clôturait la propriété et le signala. Celle-ci s'arrêtait au niveau de la rivière et reprenait sur l'autre berge. Alexa remarqua les fils de fer barbelés au-dessus de l'eau.

– Ils relient les deux parties de la grille, constata-t-elle. Sauf que… Regardez ! On a coupé les fils du bas ! Mais ça ne laisse pas beaucoup de place. À mon avis, le mystérieux visiteur devait être presque couché dans son canot pour passer là-dessous.

Naïma ne s'intéressait guère à cette histoire de barbelés. Elle escalada un gros rocher et scruta les alentours.

– Ça y est ! s'écria-t-elle. Je vois le bateau ! À peine, en réalité. Zut alors, il a coulé. Il y avait sans doute un trou dedans…

Déçue, Kumiko la rejoignit sur son poste d'observation. Elle fut vite réconfortée par la réponse d'Alexa qui se débattait avec des ronces.

– Je crois plutôt qu'il est plein d'eau de pluie ! Avec tout ce qui est tombé depuis des semaines, ce n'est guère étonnant.

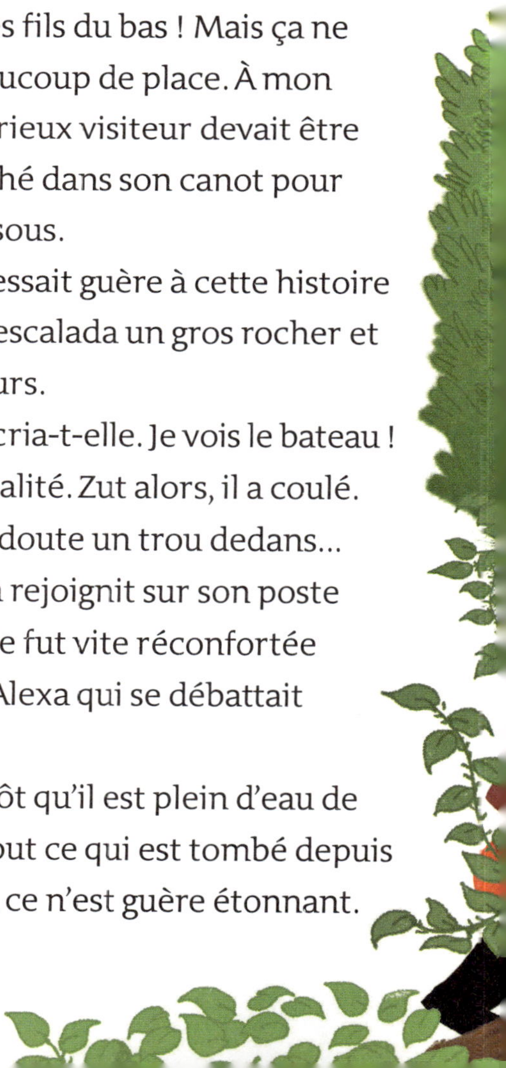

Aïe ! Ah bah, ça y est, je me suis écorchée toute la main… Pas grave ! Où est le bateau ? Il est loin ?

Naïma indiqua un arbre mort, facile à repérer, à une cinquantaine de mètres.

Les Kinra Girls comprirent vite pourquoi le mystérieux visiteur avait choisi précisément cet endroit pour y laisser son canot. Il y avait une minuscule plage de galets qui facilitait l'accès à la rivière. Alexa mit les poings sur les hanches.

– Bonne nouvelle ! Il y a encore les rames ! Mais va falloir écoper, les filles !

– Avec quoi ? demanda Rajani. Tu as aussi un seau dans ton sac, entre les jumelles et la lampe torche ?

– Alexa déteint sur toi, s'amusa Kumiko. Tu deviens de plus en plus moqueuse !

– Je ne prends pas ça pour un compliment, rétorqua Rajani.

Alexa protesta. Elles n'étaient pas très gentilles avec elle ! Toujours soucieuse d'éviter les disputes, Idalina coupa court en déclarant qu'il était temps de rentrer. L'animal totem d'Idalina était ***Ptan***, la loutre.

Pour les Amérindiens, la loutre est symbole d'innocence, de bienveillance et de beauté. Les femmes Sioux lakota tressent leurs nattes dans de belles peaux de loutre. Ni jalouse ni agressive, ***Ptan*** est la bonté même. Elle ne se défend que si elle ne peut pas s'enfuir. Son seul défaut est d'être coquette mais elle est tellement gracieuse qu'on le lui pardonne volontiers !

Le soleil déclinait déjà derrière les cimes des arbres quand les Kinra Girls traversèrent la grande plaine. Joueurs de foot et promeneurs regagnaient le château, saisis par la soudaine fraîcheur de la fin de journée.

Rajani proposa à ses amies de finir leurs devoirs pour la semaine prochaine.

Personne n'en avait envie mais Rajani avait un argument imparable : ce qui est fait n'est plus à faire. Et demain dimanche, elles pourraient s'amuser comme elles le souhaitaient !

Alexa repassa par sa chambre pour y prendre son classeur et ses livres. Sur le sol traînait une enveloppe blanche…

Alexa poussa un grognement de mécontentement en la ramassant.

« Je voudrais que tout le monde soit aveugle pour être le seul à te regarder. »

« Quelle idiotie ! » pensa-t-elle. Puis elle se souvint brusquement qu'elle avait aperçu

Mickael qui s'éloignait dans le couloir. Elle ressortit précipitamment et courut pour le rattraper.

– C'est toi ? lui demanda-t-elle en agitant la lettre sous son nez.

– Hein ? fit Mickael. Je ne sais pas de quoi tu parles !

– Est-ce que c'est toi qui glisses des mots d'amour sous ma porte ?

Un large sourire s'épanouit sur le visage du garçon.

– Non ? Tu as un amoureux secret ?

– Ça n'a rien de marrant !

– Oh que si ! Montre ! Qu'est-ce qu'il y a d'écrit ? Allez, montre, quoi !

Mickael éclata de rire en lisant le message. Trop ringard !

– Je te jure que c'est pas moi. Tu ne me plais pas du tout mais alors pas du tout, du tout !

– Merci, ça fait toujours plaisir, répondit Alexa, la mine sombre.

– Heu… non, enfin, ce n'est pas ce que je voulais dire… T'es très mignonne, c'est juste que tu n'es pas mon genre de fille. Voilà. Hum. Désolé.

Alexa haussa les épaules.

– Te fatigue pas. Tu crois que Johannis…

– Oh non ! Il n'écrirait pas un truc aussi nul ! Lui, ce serait plutôt le style à te comparer à une brillante équation mathématique !

Pour le coup, Alexa trouva ça drôle. Ils rirent de concert en imaginant une déclaration d'amour selon Johannis.

– Tu es magique comme le carré du même nom ! Tu es ma table de multiplication de dix : dix fois plus belle, dix fois plus intelligente !

– Et plus forte que la reine du jeu

d'échecs ! ajouta Alexa.

– Oh oui ! Exactement ! Tu es la pièce maîtresse du jeu et je ne suis que le pauvre roi agenouillé à tes pieds !

– J'aimerais bien que quelqu'un me dise ça, remarqua Alexa.

Mickael posa un genou à terre, la main sur le cœur.

– Je suis l'humble chevalier[13] à ton service, ma reine.

– Vous pouvez disposer, noble sire, dit Alexa. J'ai mes leçons à apprendre.

Mickael se releva et chacun partit de son côté.

13. *En anglais, le cavalier du jeu d'échecs est appelé* Knight, *c'est-à-dire chevalier.*

Chapitre 4

Au travail, moussaillons !

Alexa fit la grimace à son reflet dans le miroir. Elle était de mauvaise humeur. Cette histoire d'amoureux secret l'avait tenue éveillée longtemps. Ne pas savoir qui il était, ça l'énervait, mais alors ça l'énervait ! Pour tout arranger, le vent avait soufflé fort durant la nuit, secouant les arbres devant sa fenêtre. Ah, ces inquiétantes ombres qui dansaient sur le mur… À peine Alexa fermait-elle les yeux qu'elle s'imaginait attaquée par des êtres maléfiques surgis des souterrains

du château. Et quand, enfin, elle s'endormit, des cauchemars vinrent la tourmenter.
Alexa était en retard pour le petit déjeuner. Ses amies étaient sûrement déjà descendues au réfectoire. Au moment où elle arrivait à l'escalier, elle ressentit un curieux malaise. Elle se retourna. Le couloir était vide. D'où venait cette oppressante impression d'être observée ? Machinalement, elle leva les yeux et sursauta violemment.
À la moitié de l'escalier qui montait vers l'étage supérieur se tenait Mato Sapa, les bras croisés. Totalement silencieux, le géant était l'image même de son animal totem, ***Hinnankaga*** la chouette. ***Hinnankaga*** vole sans faire le moindre bruit, ne laissant aucune chance à ses proies. Dotée d'une ouïe et d'une vision extraordinaires, rien ne peut lui échapper. Elle est, pour les Indiens, le premier oiseau nocturne à avoir

été créé, symbole de magie et de sagesse. Alexa se racla la gorge et eut une espèce de rire étranglé.

– Ah, monsieur Lapointe ! Je ne vous avais pas vu... ni entendu d'ailleurs... Heu... Ça va comme vous voulez ?

– Sommeil pas bon, répondit-il. Mato Sapa ne s'exprimait qu'avec peu de mots. Une manière efficace d'imposer le respect aux élèves ! Il se moquait d'eux, ce qu'Alexa n'ignorait pas. Mais comment avait-il deviné qu'elle n'avait pas bien dormi ? ***Sunkmanitu***, le coyote, murmura dans l'oreille d'Alexa : fais comme s'il parlait de lui et non de toi !

– Ah ? Vous avez de drôles d'horaires, aussi ! Ce n'est pas une heure pour aller se coucher ! Vous avez essayé la tisane ? C'est ce que me donne ma maman.

– ***Sunkmanitu***, toujours moqueur. Moi, pas besoin beaucoup dormir.

« Oui, on avait remarqué, pensa Alexa. Hélas ! »

– Piège à rêves mieux que tisane, dit Mato Sapa.

Et sur cette phrase aussi surprenante qu'incompréhensible, M. Lapointe décida de regagner sa chambre.

En se dirigeant vers le réfectoire, Alexa se demanda ce que Mato Sapa faisait *réellement* au milieu de l'escalier. Qu'il surveille le hall, soit. Mais pourquoi s'était-il immobilisé dans un endroit où les élèves ne risquaient pas de s'aventurer puisque l'étage supérieur était réservé aux adultes ? Bizarre, bizarre...

Pendant le petit déjeuner, Miss Daisy passa prévenir Alexa que le directeur ne rentrerait que tard dans la soirée. Pas de Jazz à promener aujourd'hui.

Le froid était au rendez-vous de ce matin ensoleillé. Les habituels joueurs de foot occupaient l'espace devant le château.

La plupart des élèves préféraient rester à l'intérieur en attendant que la température monte un peu.

Pour se réchauffer, Naïma proposa de courir jusqu'à l'écurie. Comme d'habitude, elle arriva la première.

– Un jour, je te battrai ! s'exclama Alexa qui la suivait de près.

– Sûrement pas ! rétorqua Naïma en riant.

Idalina était à la traîne. La course, ce n'était vraiment pas son truc... Ses amies patientèrent le temps qu'elle reprenne son souffle.

Kumiko vérifia que l'écurie était déserte. Seul Nelson était là, dans son box.

– On peut y aller, dit Kumiko. Où sont rangés les seaux ?

– Dans la sellerie, répondit Alexa. Si on ressort par la porte du fond, personne ne nous apercevra. Ça nous évitera des questions embarrassantes...

– Du genre : quelle bêtise êtes-vous en train de faire ? grommela Rajani.

– On va seulement vider le canot ! protesta Naïma. Ce serait dommage qu'il coule !

– Et après ? s'informa Rajani.

– J'y ai réfléchi, déclara Idalina. On pourrait s'asseoir dans le bateau avec un pique-nique.

Le silence qui suivit la poussa à préciser sa pensée.

– Quand il fera plus chaud. Ce serait amusant de flotter sur l'eau en mangeant des gâteaux !

– En laissant le canot attaché à l'arbre ? demanda Alexa. Oui, pourquoi pas...

– J'adore ! s'écria Kumiko. Comme ça, on ne prend aucun risque !

Du moment qu'il n'était pas question de naviguer sur la rivière, Rajani n'était pas contre. Elle trouva même l'idée assez séduisante. Tout le monde était d'accord. En passant par l'écurie, elles empruntèrent deux seaux.

Elles repartirent dans la bonne humeur. Un petit ruisseau traversait cette partie de la forêt. Ses abords étaient très abrupts et il fallait être prudent en descendant la pente. Les Kinra Girls franchirent le ruisselet en sautant de pierre en pierre.
Leur bel enthousiasme retomba vite quand elles commencèrent à écoper. Ne doutant de rien, Naïma remplit le seau à ras bord. Elle parvint à peine à le soulever. Elle dut se résoudre à ne le remplir qu'à moitié. Le

canot ne paraissait pas gigantesque. Mais il contenait beaucoup d'eau et l'évacuer se montra une tâche très fatigante.

Alexa examina discrètement les deux boudins pneumatiques. Ils lui semblaient un brin dégonflés... En y regardant de plus près, elle vit que des morceaux de toile avaient été collés sous la ligne de flottaison. Les boudins avaient probablement été déchirés par les rochers pointus. Alexa se garda bien de dire quoi que ce soit à ce sujet. En revanche, elle annonça que la corde d'amarrage était en excellent état.

Le seau que maniait Rajani racla le fond du bateau. Celle-ci se redressa et se frotta les reins.

Il y avait deux planches à l'intérieur du bateau qui servaient de bancs. Idalina décida de les tester. Évidemment, les autres voulurent l'imiter.

– On ne bouge pas d'un centimètre, dit Idalina, dépitée.

– Il y a très peu d'eau près du bord, expliqua Alexa. Le canot s'est enfoncé à cause de notre poids et il est coincé. Il faudrait rallonger l'amarre. Et c'est possible parce que le mystérieux visiteur a fait plusieurs tours autour de l'arbre.

Elles redescendirent du bateau. Le nœud de la corde était si serré qu'elles faillirent renoncer. C'était sans compter l'obstination de Naïma.

Elle avait appris par Mato Sapa que son animal totem était ***Hoka***, le blaireau. Au début, la déception avait été immense. Un blaireau ! Qui a envie d'avoir pour guide

un animal aussi peu intéressant ? Pourtant, *Hoka* était exactement le conseiller dont Naïma avait besoin. Comme lui, elle était souvent confrontée à des accès de colère. Elle ne parvenait à se contrôler qu'au prix de grands efforts. Le blaireau, quant à lui, sait utiliser son agressivité d'une manière positive. Il est tenace, vif et efficace dans l'action. Il fait montre d'un sang-froid admirable dans les pires situations. Son courage est tel que tous les animaux le craignent.

– Ça y est ! triompha Naïma. Je l'ai eue, cette saleté de nœud !

Déroulée, la corde gagna presque 3 mètres. Naïma la rattacha solidement avant d'écarter l'embarcation du bord. La rivière entraîna le canot puis le rabattit vers la berge.

– Il est assez loin de la petite plage pour bien flotter, constata Kumiko avec satisfaction. Mais ça va être plus compliqué de monter dedans.

– Pas de souci ! répliqua Alexa. Il n'est pas question de prendre des risques en grimpant sur les rochers ! On embarque ici et, une fois installées dans le canot, il nous suffit de le pousser dans le courant en s'aidant des rames. Maintenant que l'amarre est beaucoup plus longue, ça ne devrait pas être trop difficile.

Rajani observa le bateau pris dans les turbulences de la rivière.

Le haler[14] jusqu'à la crique n'était pas aussi aisé qu'Alexa voulait le leur faire croire. D'ailleurs, celle-ci réclama un coup de main à ses camarades pour ramener le canot.

– Et comment on reviendra quand on sera dedans ? s'informa Rajani.

– Ben pareil : en tirant sur la corde, répondit Alexa. Et puis, il y a les rames ! Ah, je vois ce que tu veux dire ! Tu t'inquiètes de la force du courant. Mais le niveau de l'eau va baisser avec les beaux jours. On attendra que la rivière soit calme, c'est tout.

– Espérons qu'il ne recommence pas à pleuvoir ! soupira Kumiko.

– Oh zut ! cria soudain Naïma. Le déjeuner ! On va être horriblement en retard ! Vite !

Elle se proposa pour rapporter les seaux avec Alexa car elles étaient les deux plus rapides

14. Haler : tirer.

à la course. Ainsi leurs trois amies éviteraient le long détour par l'écurie. Pressées par le temps, Naïma et Alexa en oublièrent la prudence. Aucune d'elles ne pensa à vérifier que personne ne se trouvait dans les environs. Or il y avait quelqu'un... qui se demanda ce que ces filles pouvaient bien faire dans la forêt avec des seaux !

Chapitre 5

L'amoureux secret récidive

Au réfectoire, les dames de service disputèrent les retardataires. Il fallait respecter les horaires des repas, même le week-end. Les Kinra Girls s'excusèrent et se dépêchèrent de déjeuner. En bâillant, Kumiko proposa de se reposer un peu. Elle avait des courbatures partout ! Elles étaient toutes d'avis qu'une petite sieste ne leur ferait pas de mal.

Elles eurent la surprise de trouver Mato Sapa dans l'escalier entre le premier et le deuxième étage. Toujours immobile et les bras croisés, le Sioux paraissait préoccupé. Quand les filles le dépassèrent, il ne sembla pas s'en apercevoir.

Alexa attendit d'être hors de portée de voix pour remarquer que Mato Sapa se comportait bien curieusement. Pourquoi donc restait-il entre les différents étages du château ? Déjà ce matin, il stationnait entre le troisième et le quatrième.

– Il surveille les allées et venues des élèves, probablement, supposa Naïma.

Alors qu'elle allait ouvrir la porte de sa chambre, Rajani suspendit son geste. Elle se retourna vers Idalina.

– Est-ce que Mato Sapa ne t'a pas dit que son animal totem était la chouette ?

– Oui, confirma Idalina. Un oiseau sorcier qui voit tout, entend tout et devine tout. Ce sont ses mots exactement.

– Il n'est pas le seul à avoir pour guide un oiseau magique, répondit Rajani avec un sourire énigmatique.
– Comme toi ! s'exclama Alexa. Le corbeau ! Te parlerait-il en ce moment ?
– Non, pas vraiment, mais je crois que je sais ce qui arrive à Mato Sapa… parce que, d'une certaine façon, ça m'est arrivé aussi.
– Explique-toi ! la pressa Kumiko.
– À mon avis, il ressent quelque chose qu'il ne comprend pas. Il cherche à élucider ce mystère en se déplaçant dans le château. J'imagine que la présence est plus forte dans l'escalier…
– La présence de quoi ? demanda Naïma. De qui… Oh ! Tu penses au chat fantôme !

Rajani acquiesça. Mato Sapa ne connaissait sans doute pas l'histoire, que beaucoup prenaient pour une légende, du fantôme de l'école. Il existait pourtant bel et bien. Rajani avait rencontré le chat fantôme à deux reprises. Mieux encore, il apparaissait sur une des photos de Kumiko[15] !

– On devrait peut-être le lui dire, suggéra Idalina.

– Et puis quoi encore ? bougonna Alexa. Il n'a qu'à se débrouiller, s'il est si malin, Monsieur voit tout, entend tout et devine tout !

– Non, ça, c'est la chouette, corrigea Idalina. Pourquoi tu détestes autant M. Lapointe ?

– C'est le gardien de nuit ! Le gars qui nous empêche de poursuivre nos explorations ! Te fais pas d'illusions, ce n'est pas notre copain.

Sur ce, Alexa se dirigea vers sa chambre. À peine était-elle entrée qu'elle ressortait. Elle tenait une grande enveloppe brune à la

15. *Voir le tome 4 des Kinra Girls,* Qui a peur des fantômes ?

main. La sieste fut vite oubliée. Une nouvelle lettre de l'amoureux secret, c'était beaucoup plus intéressant !

– Ne l'ouvre pas ! conseilla Kumiko.

– Ben pourquoi ? s'étonna Alexa.

– Parce qu'il y a sûrement des empreintes et tu risques de les effacer !

Kumiko prit une paire de gants dans son placard. Elle les enfila avant de s'emparer de l'enveloppe. Rajani retint une envie de rire en la regardant décoller le rabat avec de grandes précautions. À l'aide de sa lime à ongles, Kumiko tira la feuille de papier.

– Oh, c'est un dessin en forme de cœur ! dit Idalina, tout attendrie.

Alexa soupira d'un air accablé. Allons bon ! Voilà que l'amoureux secret se prenait pour un artiste maintenant !

Tenant le dessin entre deux doigts, Kumiko l'observa en long et en large.

– Alors, inspecteur ? demanda Rajani. Tu trouves des indices ?

La Japonaise ignora la plaisanterie. Elle s'éclaircit la gorge pour déclarer très sérieusement :

– Première constatation : il n'y a rien d'écrit. Deuxième constatation : le coupable a utilisé des feutres et des paillettes. J'en ai plein mes gants, de ces saletés... Troisième constatation : il est moyennement doué. Il a débordé de la ligne, là et là.

Assise à califourchon sur sa chaise, Rajani

se pencha brusquement en avant.

– On dirait un genre de mandala.

– Ah oui ! s'exclama Kumiko. Tu as raison ! J'adorais en faire quand j'étais petite !

Naïma réclama des explications. Rajani lui répondit que le mot « mandala » signifiait « cercle » en sanskrit, la langue sacrée de l'Inde ancienne. Un mandala est un dessin symbolique qui représente l'Univers, des mondes, des divinités et parfois des idées. Les personnes qui pratiquent les religions hindouiste et bouddhiste utilisent les mandalas pour méditer et prier. C'est par l'imagination qu'on pénètre dans le labyrinthe du mandala, on se concentre sur chaque niveau de ce dédale dessiné et peu à peu on se rapproche de son centre. Il existe des mandalas destinés à disparaître, réalisés avec du sable, de la farine de riz, de la craie ou des poudres colorées et même des fleurs.

Le temple bouddhique de Borobudur, dans l'île de Java[16], est en fait un gigantesque mandala de pierre.

– On trouve plein de cahiers de coloriage avec des mandalas, précisa Kumiko. C'est bien pour les enfants. Et c'est très joli… Mais, à propos…

Elle examina attentivement le dessin quelques secondes. Puis elle partit d'un grand éclat de rire.

– Ça y est ! Ah, ah ! Alexa, tu vas m'adorer ! Je sais comment découvrir l'identité de ton amoureux !

– Vraiment ? fit Alexa, stupéfaite.

– Oui ! Je reconnais le papier, c'est celui des imprimantes de l'école ! Et le modèle de ce mandala a été copié sur Internet !

– D'accord, répondit Idalina, mais ça ne te donne pas le nom de l'amoureux pour autant.

16. L'île de Java se situe en Indonésie, dans l'océan Indien.

– Oh, bien sûr que si ! s'écria Naïma. Kumiko, tu es géniale ! Chaque fois qu'on veut se servir d'un ordinateur, on doit entrer son nom ! Il suffit de chercher dans les fichiers qui a imprimé le mandala !

– Il y a quand même un petit problème, remarqua Rajani. On va devoir vérifier tous les ordinateurs de la salle multimédia !

– On est cinq ! répliqua Kumiko. Allons-y ! La salle est toujours ouverte le week-end !

– Je suis nulle, moi, en informatique... murmura Idalina.

Rajani l'assura qu'elle n'aurait rien de compliqué à faire. Très fière d'elle, Kumiko prit la tête de la petite troupe. Grâce à ses talents de détective, l'amoureux n'allait plus être secret bien longtemps !

Mato Sapa était toujours dans l'escalier, cette fois entre le rez-de-chaussée et le premier étage. Craignant qu'Idalina ne soit tentée de lui parler, Alexa empoigna celle-ci par le bras. Elle ne se méfiait pas de la bonne personne…
Rajani s'arrêta à la hauteur de Mato Sapa.

– Il y a un fantôme dans le château, monsieur Lapointe, lui dit-elle. C'est un peu bizarre parce que c'est un chat.

Atterrée, Alexa se retourna vers elle. Juste à temps pour voir l'ombre d'un sourire sur les lèvres de Mato Sapa.

– Ah, fit-il.

Et il ne prononça pas un seul autre mot.

En arrivant dans le hall, Kumiko aperçut un camion garé devant le perron. Tiens ? Que se passait-il ? Une bien mauvaise surprise les attendait dans la salle multimédia. Des inconnus étaient en train d'emballer les ordinateurs !

– Mais qu'est-ce que vous faites ? s'affola Kumiko. On en a besoin, nous !

Miss Daisy, qui dirigeait les opérations, se voulut rassurante.

– Ne t'inquiète pas, nous changeons simplement de matériel. Les ordinateurs neufs arrivent demain. Nous donnons ceux-là à une association qui les redistribuera à des écoles en Afrique.

Dépitées, les filles regardèrent partir les ordinateurs et, avec eux, l'espoir de découvrir l'identité du mystérieux amoureux.

– C'est vraiment rageant, grogna Naïma. On a raté notre chance à une heure près…

Elle regarda Kumiko, qui n'était pas connue pour avoir le meilleur caractère du monde. Comment la Japonaise allait-elle réagir ? Passant outre sa déception, Kumiko décida d'endosser de nouveau le costume de détective.

De retour dans la chambre 325, elle expliqua à ses amies comment relever les empreintes digitales sur le dessin.

– Ce qu'il faut, c'est une poudre très fine

et un pinceau… Et des pinceaux, j'en ai des tonnes ! Pour la poudre, eh bien, on écrase la mine d'un crayon noir. C'est facile, je l'ai vu dans une série à la télé !

Rajani s'affola quand Kumiko s'empara d'un livre pour briser son crayon.

– Stoooooooooop ! D'abord, repose ce pauvre livre qui ne t'a rien fait ! Prends ton gros pot de colle, c'est du plastique, ça ne craint rien. Ensuite, tu ne peux pas écraser la mine sur ton bureau ! Tu vas en mettre partout !

– Ah oui, peut-être… Je sais ! Je vais poser le crayon sur ma palette pour la peinture.

Aussitôt dit, aussitôt fait. Enfin… presque. Car le crayon était beaucoup plus solide qu'on n'aurait pu le croire. Idalina suggéra de tailler la mine et de la casser au fur et à mesure qu'elle s'affinait. Opération qui

se révéla longue et ennuyeuse. Quand elle jugea qu'elle avait assez de mine, Kumiko entreprit de la réduire en poudre.

– C'est bientôt fini ? demanda Naïma. Parce qu'il fait beau dehors et on est enfermées bêtement, là...

– Si ce n'est pas très fin, ça ne marchera pas, rétorqua Kumiko. Bon, ça devrait aller...

Elle choisit un pinceau aux poils bien touffus

et l'enduit de poudre. Elle retourna le dessin pour brosser le côté blanc. Et, effectivement, des empreintes digitales apparurent. Enfin... presque. On voyait plutôt des traces de doigts. Malgré tout, Kumiko était contente de son travail.

– Alors, maintenant, il faut fixer la poudre, sinon elle va s'effacer. Et pour ça, on utilise de l'adhésif transparent. C'est facile, je l'ai vu à la télé.

Elle prit le rouleau sur son étagère et entreprit de coller une multitude de petits morceaux d'adhésif sur les empreintes. Lesquelles s'étalèrent en taches noires sous la pression. Alexa grimaça un sourire devant ce désastreux résultat.

– Ouais... ben, ce n'est pas demain la veille qu'on va t'engager dans la police scientifique, constata-t-elle.

Chapitre 6

Tel est pris qui croyait prendre

Et pendant ce temps-là, du côté de l'écurie... quelqu'un se posait des questions. Qu'avaient donc fait Alexa et Naïma dans la forêt, équipées de seaux ? Ruby décolla son dos de l'arbre contre lequel elle s'était adossée. Elle aurait parié que les deux filles étaient coupables de quelque bêtise. Et comme les Kinra Girls étaient ses ennemies jurées, elle vit là l'occasion de leur nuire.

Ruby longea la barrière du pré jusqu'à la forêt. Elle découvrit ce qu'elle crut être un sentier et décida de le suivre. Il n'y avait pas de chemin dans cette partie du bois. Cependant, les Kinra Girls avaient écrasé ronces et buissons en passant, laissant une trace bien visible.

Ruby pesta en s'écorchant aux épines et fut, un instant, tentée de renoncer. Mais abandonner n'était pas son genre et même l'obstacle du ruisselet ne l'arrêta pas. Sa persévérance fut bientôt récompensée.

Un bateau ! Ruby ne s'attendait pas à pareille surprise. Elle ne se demanda pas comment le canot avait bien pu arriver là. Elle ne pensait qu'à une chose : ses ennemies s'amusaient en naviguant sur la rivière ! Elle ne se dit même pas que c'était sûrement interdit. Elle ressentait de la jalousie. Pourquoi ces sales gamines auraient un bateau et pas elle ?

Ah non ! Ça, ce n'était pas juste !
Elle regarda la corde et un mauvais sourire se dessina sur ses lèvres. Si elle ne pouvait pas profiter du bateau, alors personne n'en profiterait… La rage au cœur, elle s'acharna à dénouer le solide nœud. Puis elle jeta la corde à l'intérieur du canot qui ne bougea pas d'un pouce. Alexa l'avait tiré sur la plage de galets et il était bien immobilisé.
De dépit, Ruby donna un coup de pied dans le boudin pneumatique. Cela n'eut guère d'effet. Furieuse, elle posa les mains sur le boudin et poussa de toutes ses forces. Elle dérapa sur les cailloux, ce qui l'obligea à pousser encore plus fort sur ses jambes.
Et brusquement, le canot s'écarta du bord. Entraînée par son propre élan, Ruby culbuta tête la première dans le bateau et se cogna contre le banc de bois. Étourdie quelques brèves secondes, elle n'eut pas le temps de

s'extraire hors du canot avant que celui-ci se trouve pris dans le courant.

Terrorisée, Ruby se recroquevilla sur elle-même. Ballotté dans tous les sens, heurtant les rochers, tournoyant dans les remous, le

canot était incontrôlable. Inexorablement, il descendait le cours de la rivière...

Un choc d'une grande violence projeta Ruby vers la proue. Le bateau était entré de plein fouet dans la roue du moulin. Ruby se redressa prudemment et aperçut le quai de pierre. Si seulement elle parvenait à diriger l'embarcation jusque-là, elle pourrait peut-être escalader le quai...

Mais le canot pivotait et s'éloignait de la rive. Terrifiée à l'idée qu'il soit de nouveau entraîné par le courant, Ruby se releva et s'agrippa à l'une des larges aubes[17]. Le canot glissa soudain contre la roue et repartit dans sa descente infernale. Les pieds de Ruby plongèrent dans l'eau glacée. Au prix d'un gros effort, elle réussit à plier les jambes. Les genoux sur la planche, elle se rétablit tant bien que mal.

17. Aube : pièce en bois ou en métal, genre de grande planche qui permet à la roue de tourner dans l'eau. La roue d'un moulin comporte un nombre d'aubes important.

Mais sa situation était loin de s'être améliorée. À moins de tenter sa chance à la nage, elle était coincée sur la roue. Alors Ruby commença à appeler à l'aide.

***

Kumiko s'était mise à bouder, vexée par son échec avec les empreintes digitales. Rajani était embêtée de s'être un peu moquée de ses ambitions de détective. Elle chercha un moyen de la distraire.

– Au fait, tu n'as pas encore filmé l'église. Et si on y allait maintenant ?

Kumiko grommela un « J'ai pas envie » à peine audible.

– Et le cimetière ? proposa Naïma.

Tout le monde la regarda avec étonnement. Naïma avait une peur bleue d'entrer dans les cimetières.

– Tu détestes cet endroit, répondit Kumiko.

– Bah, ce n'est pas grave ! J'attendrai devant l'église. Allez, quoi ! On ne va pas rester dans la chambre alors qu'il fait encore jour !

Idalina tira gentiment Kumiko hors de sa chaise. La Japonaise ne prit pas sa caméra, histoire de jouer celle qui ne cédait pas trop facilement. Malgré tout, elle enfila sa veste sans rechigner. Les Kinra Girls empruntèrent le chemin qu'elles connaissaient bien à travers la forêt. Elles longeaient la rivière quand Idalina poussa une exclamation et pointa le doigt. Fracassé contre les rochers, le canot pneumatique n'était plus qu'un amas de toile et de bois. Idalina se désola devant ce triste spectacle.

– Tu ne l'as pas attaché correctement ! se fâcha Alexa.

– C'est pas vrai ! protesta Naïma. J'ai serré le nœud comme il fallait !

Chapitre 6

Rajani fit un tour sur elle-même, l'oreille aux aguets.

– Taisez-vous, vous deux ! ordonna-t-elle. Qu'est-ce qu'on entend ?

Et dans le silence revenu, des cris étaient clairement perceptibles.

– Ça vient de là-bas ! dit Idalina, alarmée. Dépêchons-nous ! C'est sûrement grave !

Elles se mirent à courir aussi vite qu'il était possible. Les premières sur le pont, Naïma et Alexa ne virent d'abord rien. Elles se dirigèrent en direction des cris, suivirent le quai de pierre entre le moulin et la roue, et sur la roue...

– Comment tu es arrivée là ? demanda Naïma, éberluée.

– Faites quelque chose ! beugla Ruby.

Alexa était fortement tentée de rire... et d'abandonner Ruby à son sort ! Mais lorsque la roue craqua sourdement, elle blêmit.

– La roue ne peut pas se remettre à tourner, hein ? murmura Naïma.

– Ben... fit Alexa. Je ne le parierais pas...

Leurs trois amies les rejoignirent à ce moment-là. Que faire ? Personne n'avait d'idée.

– J'ai trouvé ! s'exclama soudain Kumiko. Ruby ! D'abord, il faut que tu montes tout en haut et puis, de là, tu sautes sur la poutre ronde, tu marches dessus et après tu t'assoies à califourchon, tu te suspends à la poutre par les bras et tu te laisses glisser jusqu'au quai !

Alexa la regarda en hochant la tête.

– Bien sûr... C'est facile, tu l'as vu à la télé ?

Kumiko n'eut pas l'occasion de lui répondre. Un autre craquement retentit, se répercutant sinistrement sur la surface de l'eau. Et cette fois-ci, la roue avait bougé.

– Au secours ! hurla Ruby en s'accrochant désespérément à l'aube.

– Il faut aller chercher quelqu'un ! décida Rajani.

La petite voix intérieure de Naïma se mit soudain à lui parler. Était-ce ***Hoka***, le blaireau, qui se manifestait ? ***Hoka*** jamais ne perd son sang-froid. Et il suffisait de l'écouter...

– On n’a plus le temps ! répondit Naïma. Il faut agir sans attendre ! L’échelle à l’intérieur du moulin ! Elle est très grande !

Rajani acquiesça. L’échelle était un peu pourrie, certes. Heureusement, Ruby était légère. Comme il était inutile d’être cinq pour transporter l’échelle, Idalina resta sur place. Elle s’efforça de rassurer Ruby, surtout pour éviter que celle-ci ne s’agite trop.

De par sa taille, l’échelle était difficile à manipuler. Déjà, la passer par la porte se révéla laborieux. Mais les choses se compliquèrent sérieusement ensuite. Ce que Rajani résuma en demandant ce qu’on en faisait maintenant, de l’échelle !

– Il faut calculer la distance entre le quai et la roue, dit Naïma. À votre avis ?

– Peut-être 4 mètres ou plus, supposa Rajani.

– Et l’échelle, environ 6… Il faut coucher

l'échelle et la faire pivoter au-dessus de l'eau, déclara Naïma.

– Ce n'est pas une question de maths ! remarqua Alexa. C'est un problème d'équilibre. L'échelle va basculer ! Elle est trop courte !

– Oui, admit Naïma. C'est là qu'être plusieurs est utile. Nous allons servir de contrepoids !

– Qu'est-ce que vous trafiquez ? leur cria Ruby. Je ne sens plus mes doigts ! Je ne vais pas tenir longtemps !

Idalina frissonna quand elle comprit la manœuvre imaginée par Naïma. Pour que l'échelle aille jusqu'à la roue, elle ne pourrait reposer sur le quai que sur une longueur maximale de 2 mètres. Et 4 mètres dans le vide au-dessus de la rivière… Les Kinra Girls seraient-elles assez lourdes pour empêcher l'échelle de tomber ?

Les pensées d'Alexa étaient encore plus effrayantes. Elle craignait que l'échelle ne se brise en morceaux dès que Ruby s'y agripperait. Un barreau était déjà cassé[18]... Elle faillit dire qu'il était préférable de regagner le château pour prévenir Miss Daisy. Mais comme la roue n'en finissait plus de grincer, elle garda le silence et se concentra sur la tâche à accomplir. Il y eut un moment délicat quand il fallut faire glisser l'échelle sur le quai. Naïma arrêta le mouvement lorsqu'il devint évident que celle-ci allait chuter dans l'eau.

– Tout le monde dessus ! commanda-t-elle. Ruby ! Tu dois descendre !

Ruby regarda vers le bas et vit que l'échelle n'atteignait pas la roue.

– Vous voulez me tuer ? brailla-t-elle.

– Ruby, écoute-moi ! intervint Rajani. Tu es danseuse, tu es souple et agile !

18. *Voir le tome 8 des Kinra Girls,* Le Royaume des ombres. *Le mystérieux visiteur avait emprunté cette échelle, et l'avait cassée.*

Tu prétends être la meilleure, non ? Alors, tu peux y arriver !

– Je suis la meilleure... murmura Ruby, les dents serrés.

Les paroles encourageantes de Rajani ne suffirent pas à convaincre Ruby. Frigorifiée et terrorisée, cette dernière s'accrochait désespérément à l'aube.

– Ça m'ennuie d'en rajouter dans le genre flippant, dit Kumiko, mais le soleil disparaît derrière les arbres. On sera bientôt dans le noir.

– Nom de nom ! se fâcha Naïma. Ruby ! Tu n'as pas le choix ! Tu...

Elle fut interrompue par un monstrueux craquement. Idalina poussa un cri d'effroi. La roue tournait !

– SAUTE ! hurla Rajani.

Ruby lui obéit sans même réfléchir une seconde. Elle atterrit brutalement sur

l'échelle et se rattrapa de justesse à un barreau. Elle n'était pas sauvée pour autant. Les craintes d'Alexa se révélèrent justifiées. La vieille échelle n'était pas en état de supporter un tel choc. Un des montants se fendit sur toute sa longueur.

Mais Ruby était une vraie sportive et la peur donne des ailes ! La vitesse était son seul espoir. Elle se redressa et bondit de barreau en barreau. Chaque fois que son pied touchait l'un d'eux, celui-ci se brisait en deux.

Dans un dernier effort, Ruby se jeta en avant et s'effondra sur Kumiko. Un moment passa sans que personne ne bouge ni ne parle.

Alexa retrouva ses esprits la première. Elle fut prise d'un fou rire nerveux.

– Eh bé ! Cette roue n'a pas dû fonctionner depuis cent ans ! Et la voilà qui reprend du service !

Et, en effet, la roue du moulin s'était bel et bien remise en route !

– On pourrait peut-être se relever, dit Rajani. Faites attention. À trois, toutes ensemble. Un, deux… trois !

Dès qu'elles quittèrent leurs positions, ce qui restait de l'échelle tomba dans l'eau. Les morceaux de bois furent happés par la roue et terminèrent hachés menu.

À cet instant-là, Ruby comprit à quoi elle avait échappé… Elle se rassit brutalement sur le quai.

Gentiment, Idalina lui demanda comment elle allait. La charmante nature de Ruby réapparut aussitôt.

– Tout est de votre faute ! Vous allez me le payer !

– Hein ? fit Kumiko, éberluée.

Ruby se remit debout, plus furieuse que jamais.

– Oui, c'est de votre faute ! Vous avez caché un bateau !

– Quel bateau ? répondit Alexa.

– Oh, ne fais pas l'innocente ! Je vous ai vues sortir de la forêt avec les seaux !

– Je ne vois pas le rapport, rétorqua Alexa.

Ruby ne sut que dire parce qu'en fait elle ne voyait pas non plus le rapport entre un bateau et des seaux ! Conseillée par le prince des menteurs, plus connu sous le nom de ***Sunkmanitu*** le coyote, Alexa s'empressa d'embrouiller les choses.

– Il n'y avait plus d'eau dans l'abreuvoir des chevaux, c'est pour ça qu'on avait des seaux ! Et quand on était dans le pré, on a aperçu la petite chatte dans la forêt et on a essayé de la rattraper. On n'a pas réussi, elle est très sauvage, celle-là. Et mais… attends ! Un bateau ? Vraiment ? Est-ce que tu serais montée dedans, par hasard ? Oh ! là, là ! Grosse bêtise ! Si M. Meyer l'apprenait… Bah, tu as de la chance. Nous ne sommes pas de sales rapporteuses !

Naïma sentit la colère l'envahir. Elle serra les poings pour se contrôler.

– Tu pourrais nous remercier de t'avoir sauvée, dit-elle sèchement.

– J'avais pas besoin de votre aide ! cria Ruby.

Puis elle s'enfuit en courant. Rajani soupira.

– J'étais sûre que ce canot nous apporterait des ennuis.

– Nous n'avons rien fait de mal, nous, remarqua Idalina.

– Tu as raison, sourit Rajani. Et bravo à nous, les filles ! On a assuré grave !

– Kinra Girls *forever*[19] ! s'exclama Kumiko.

19. Forever *(en anglais) : toujours, pour toujours.*

Chapitre 7

Comment attraper un rêve

Idalina observait Ruby assise à une table près de la porte du réfectoire. La peste gardait les yeux baissés vers son assiette de carottes râpées. Elle ne parlait pas à Jennifer, sa colocataire, qui faisait pourtant des efforts de conversation.

– Vous croyez qu'elle est capable de nous dénoncer à propos du bateau ? demanda Naïma.

– Dénoncer quoi ? rétorqua Alexa. Le canot ne nous appartient pas et Ruby ne peut pas prouver qu'on y a posé ne serait-ce qu'un doigt de pied ! Et je suis sûre qu'elle a compris le message quand je lui ai dit que nous n'étions pas des rapporteuses. Elle sait que c'était une menace déguisée !

– C'est dommage pour le bateau, dit Idalina.

– Tu ne devrais pas le regretter, répliqua Rajani. Tu as vu ce qui est arrivé ?

– Nous ne sommes pas aussi stupides que Ruby, remarqua Kumiko. D'ailleurs, je trouve cette histoire assez bizarre. Pourquoi donc est-elle montée dans le canot ? Vous auriez osé, vous ? Enfin, à part Alexa…

– Hé ! protesta l'intéressée. Je ne suis pas inconsciente ! Jamais je ne serais partie toute seule sur la rivière ! Et je ne pense pas que c'est ce que Ruby a fait.

À mon avis, elle nous préparait un mauvais coup et les choses ne se sont pas passées comme elle l'espérait.

– Ce serait un accident, alors ? supposa Rajani. Peut-être que ça lui servira de leçon ! Mais, même moi, j'en doute...

– Je suis crevée ! avoua Idalina. Les émotions, ça fatigue !

– Apparemment, ça donne faim aussi, plaisanta Alexa. C'est ta combientième mousse au chocolat, Naïma ?

– Je n'en ai mangé que deux ! Oui bon, j'ai également fini celle d'Idalina…

Après le dîner, les Kinra Girls prirent une tisane à la cafétéria. Alexa n'était pas pressée de regagner sa chambre où ne l'attendaient que le silence et des ombres sur le mur.

– Et si on jouait aux cartes pour changer ? proposa-t-elle. Ou à ce que vous voulez. Il y a plein de jeux amusants dans le jardin d'hiver. Bon, je vois à vos têtes que c'est non. On va se coucher et c'est tout ?

– On peut discuter un peu, répondit Kumiko. Tranquillement. On monte ?

Mato Sapa avait pris son service dans le hall. Il tenait un sac en plastique à la main. En apercevant Alexa, il lui fit signe d'approcher.

– Qu'est-ce que tu as encore fait ? s'enquit Rajani.

– Me regarde pas comme ça ! dit Alexa. J'ai rien fait… ou alors, pas exprès… Mais

non, là, je suis sûre que j'ai rien fait !
Et pour bien montrer qu'elle n'avait pas peur du gardien de nuit, elle s'avança vers lui d'un air décidé. Ses jambes flanchèrent un peu sur les derniers mètres. Elle eut même un mouvement de recul quand Mato Sapa lui tendit brusquement le sac. Très intriguées, les autres Kinra Girls avaient suivi Alexa, restant toutefois légèrement en retrait.
Comme Mato Sapa ne parlait toujours pas, Alexa prit timidement le sac. Elle en sortit un petit cerceau de bois dans lequel était

tissé un genre de filet ressemblant à une toile d'araignée, comportant un trou en son centre. Trois plumes étaient suspendues au cercle, attachées à des fils décorés de perles colorées.

– Heu… c'est très joli… C'est quoi ?

– Piège à rêves. Toi mettre devant fenêtre. Beaux rêves passer par trou. Mauvais rêves attrapés par filet. Lumière du jour détruire mauvais rêves. Toi, plus cauchemars !

– Oh ! Ah… merci. C'est vraiment gentil.

– J'adore ! s'exclama Kumiko. Et les plumes, ça sert à quelque chose ?

– Plumes, symboles amour, douceur, bonté.

Les yeux noirs et perçants de l'Indien fixèrent la Japonaise.

– Toi, fille du renard.

Kumiko eut un vertige. Elle se sentit prise

dans le tourbillon du temps et ramenée des mois en arrière, dans le sanctuaire du Fushimi Inari, à Kyoto[20]. Elle avait appris depuis peu que ses parents l'avaient adoptée. Un prêtre du temple avait découvert le bébé Kumiko dans un panier abandonné au pied d'une statue de ***Kitsune***, le messager du dieu Inari. ***Kitsune***... le renard ! Et le prêtre avait appelé Kumiko « fille du renard » ; exactement comme venait de le faire Mato Sapa.

– Comment... comment vous savez ? balbutia Kumiko.

– Moi, écouter ***Hinnankaga***. Chouette connaître destin des personnes.

– Vous... enfin la chouette, elle peut vous dire qui... que...

Kumiko, très perturbée, n'arrivait pas à trouver ses mots. Mato Sapa posa son énorme main sur son épaule.

20. *Voir le tome K des Kinra Girls,* Le Secret de Kumiko.

– ***Sungila***, renard, toujours protéger famille. Lui rusé, rapide. Lui observer, lui jamais vu. ***Sungila***, parti. Mais lui jamais loin, revenir pour toi. Toi, animal totem ***Zuze'ca***, serpent. Lui, Animal Tonnerre. Foudre, grand pouvoir : crée, détruit, transforme. Serpent, changer de peau. Lui et toi, pareils.

– C'est un peu difficile à comprendre, monsieur Lapointe, remarqua Idalina.
– Oui, renchérit Alexa. Si vous pouviez parler normalement, ça aiderait.

Mato Sapa grogna. Ce devait être l'ours noir qui réapparaissait !

– ***Sunkmanitu***, encore faire le malin ! Serpent perdre peau et renouveler peau quand lui grandir. Toi, fille du renard, changer de peau. Toi, bientôt renaître, pareille et différente. Ça, message de ***Zuze'ca*** !

– Je crois que ça signifie que tu vas découvrir qui sont tes vrais parents, supposa Rajani. Tu seras toujours Kumiko mais tu ne seras plus tout à fait la même Kumiko.

Mato Sapa s'inclina, à la surprise générale, devant Rajani.

– Toi, entendre sagesse de ***Kangi***.

– Oui. Le corbeau me visite pendant mon sommeil.

– Pas seulement, répondit Mato Sapa. Corbeau te montrer monde invisible.

– Le chat fantôme, devina Rajani.

– Oh, celui-là ! rit Alexa. C'est un ami !

– Je… je vais retrouver mes parents ? demanda Kumiko.

– Toi trouver vérité. Moi pas savoir plus.

Kumiko n'était pas déçue de sa réponse. Car la vérité était le cadeau qu'elle souhaitait recevoir. Mato Sapa avait une qualité inattendue : il apaisait les tourments du cœur. Kumiko se sentait comme soulagée d'un grand poids. Elle remercia le gardien à plusieurs reprises.

Il était l'heure de regagner les chambres. Les Kinra Girls prirent congé de M. Lapointe. Juste avant de monter l'escalier, Alexa se retourna.

– Hé, Ours Noir ! Comment vous dites « merci » dans votre langage des signes ?

Mato Sapa étendit les deux mains devant lui, paumes vers le sol. Puis il les descendit

le plus bas possible. Aussitôt, les cinq filles imitèrent son geste.
Le Sioux croisa les bras, les sourcils froncés. Son air sévère ne trompa personne. Il y avait un sourire dans ses yeux.

Chapitre 8

L'amour est un grand mystère

Aucun élève de la classe n'aimait le lundi matin. Mme Beckett était toujours de mauvaise humeur ce jour-là. Elle rappela Kumiko à l'ordre plusieurs fois, à juste raison : celle-ci était assez distraite.

Car Kumiko n'avait pas abandonné son enquête. Du coin de l'œil, elle espionnait le comportement des garçons. Lequel d'entre eux était l'amoureux secret ? Elle s'intéressa particulièrement à John qu'elle surprit en train de regarder Alexa. Elle comprit qu'elle faisait fausse route quand elle l'entendit réclamer sa règle à l'Australienne. Alexa empruntait souvent les affaires des autres. D'ailleurs, elle venait de piquer le stylo rouge de Naïma.

Kumiko observa les tables où chacun avait posé sa trousse. De l'une de ces trousses débordaient nombre de feutres de couleur. Kumiko se pencha en avant pour voir le propriétaire de tous ces beaux feutres. Puis elle se redressa, satisfaite.

– Cette fois, je te tiens... marmonna-t-elle.

– Quoi ? fit Rajani, à côté d'elle.

– Je t'expliquerai plus tard, souffla Kumiko.

Jamais le cours de Mme Beckett ne lui avait paru aussi long. N'en allait-elle jamais finir avec les poètes anglais ? Enfin, la sonnerie retentit. Mais l'interclasse était de courte durée. Le professeur de maths arrivait déjà. Kumiko n'avait pas la patience d'attendre l'heure du déjeuner.

– Dans le couloir, dit-elle en prenant Rajani par le bras. Idalina, tu rangeras ton classeur dans cinq minutes ! Allez, allez ! Suivez-moi !

Intriguée, Naïma lui demanda ce qui se passait. Kumiko vérifia qu'elle n'était pas à portée de voix de leurs camarades de classe.

– Je sais qui est l'amoureux secret !

annonça-t-elle fièrement.

– Sans blague ? s'exclama Naïma. C'est qui ?

– Ah bah non, je ne vais pas vous le dire comme ça !

– Alors qu'est-ce qu'on fait là ? râla Alexa.

– Ben, faut que je vous explique comment j'ai trouvé, d'abord ! C'est ce que font tous les détectives avant de donner le nom du coupable ! Bon, très bien, très bien ! Je serai brève ! Vous vous souvenez de mon examen de l'objet du délit ?

– Pardon ? fit Alexa.

– Le mandala en forme de cœur, précisa Kumiko. Je vous ai fait remarquer qu'il était colorié avec des feutres. Et qui a une grande quantité de feutres dans sa trousse ? Hum ?

– Tous les élèves en ont, dit Rajani. Ça ne prouve rien.

– Peut-être, mais la plupart des garçons n'ont pas des feutres rose, violet et turquoise ! Ça compte pour une preuve !

– J'espère que tu as mieux que ça, rétorqua Rajani.

– Et comment ! Revenons à l'objet du délit. Ah ! Qu'est-ce qu'il avait de particulier, hum ?

– Plein de taches noires et de morceaux d'adhésif ! ricana Alexa.

– Follement drôle, grommela Kumiko. Si tu ne veux pas connaître l'identité de ton amoureux, je peux me taire, aussi.

– Oh, ne le prends pas mal ! Vas-y ! Impressionne-nous avec tes déductions, inspecteur Matsuda !

– Les paillettes, répondit Kumiko. J'en avais partout sur mes gants. C'est très difficile de se débarrasser de ces trucs-là, surtout quand ils se collent sur les vêtements. Tu peux brosser et laver autant que tu veux, il en reste toujours un peu ! Et qui a des paillettes sur son pull ?

– Et le gagnant est... dit Rajani.

– Nassir ! triompha Kumiko.

Alexa écarquilla les yeux. Nassir ? Il lui avait à peine adressé la parole depuis le début de

l'année ! Et il s'intéressait plus aux parties de football qu'aux filles ! Kumiko devait se tromper. Ça ne pouvait pas être lui !
M. Brown, le professeur de maths, vint chercher les retardataires dans le couloir. Plus le temps de discuter. En entrant dans la salle de classe, l'attention de Naïma fut attirée par un éternuement sonore. Déjà assise à sa place, Ruby se moucha et éternua de nouveau. Elle avait attrapé un gros rhume !
« Ça lui apprendra à dire merci », pensa Naïma qui n'avait pas digéré l'attitude de la peste.
Entre les cours du matin et ceux de l'après-midi, Alexa ne trouva jamais le moyen de s'approcher de Nassir. En fin de journée, elle passa prendre Jazz. Sur le seuil du château, elle s'arrêta.
Nassir refaisait les nœuds de ses lacets avant de commencer une partie de foot.

Son pull scintillait sous le soleil ! Kumiko avait donc raison.

Alexa descendit les marches du perron.

– Tu viens promener Jazz avec moi ? proposa-t-elle.

Nassir n'osait pas la regarder en face et fixait le bout de ses chaussures.

– Je sais que c'est toi qui glisses des lettres sous ma porte. Les paillettes t'ont trahi !

– D'accord, murmura Nassir. Je veux bien venir avec toi.

Ils marchèrent côte à côte quelques minutes. Puis Nassir lui demanda si elle était fâchée.

– Non ! répondit Alexa. Seulement je ne comprends pas pourquoi tu ne m'as pas parlé au lieu de m'envoyer des lettres anonymes !

– Ben... parce que c'est romantique !

– C'est surtout énervant. J'ai du mal à

croire que tu sois amoureux de moi. Désolée d'être brusque...

– Mais tu m'as sauvé la vie ! s'exclama Nassir.

Interloquée, Alexa se tourna vers lui.

– Qu'est-ce que tu racontes ? Je t'ai sauvé la vie ?

– Oui ! Quand Nelson s'est échappé de son enclos et qu'il a foncé droit sur moi ! Tu t'es jetée sur son chemin[21] ! J'avais très peur, je ne pouvais plus bouger. Et toi, tu es apparue telle une princesse de conte de fées. Tes cheveux d'or brillaient dans la lumière... Je n'avais jamais rien vu d'aussi magnifique...

– Holà ! T'exagères pas un peu ?

– Pas du tout. Je peux te prendre la main ?

– Ah non, non ! s'écria Alexa. Heu... Voilà. Faut que je te dise. J'ai déjà un amoureux. Chez moi, en Australie[22]. Et c'est sérieux.

21. *Voir le tome 14 des Kinra Girls,* Le coyote s'en mêle.
22. *Voir le tome A des Kinra Girls,* Le Code secret d'Alexa.

La déception se lisait sur le visage de Nassir, ce qui attrista Alexa. Elle chercha les mots pour le consoler.

– T'en trouveras une autre. De fille.

Alexa grimaça. Bon, ça, ce n'était pas terrible...

– Il s'appelle comment ?

– Qui ? Ah, oui. Jimmy.

– Et il est gentil ?

– Oh, oui ! Et il est patient ! Parce que, avec moi, hein... Je ne suis pas de tout repos.

– Il t'écrit des poèmes d'amour ?

– Ce n'est pas trop son genre. Mais il dit des choses importantes : qu'il sera toujours là pour moi et qu'il attendra mon retour. Et que, quand on aime quelqu'un, on ne l'empêche pas de vivre son rêve. Ça, c'est mon Jimmy...

– Il te manque ?

Les yeux bleus d'Alexa s'assombrirent.

– Oui. C'est dur, parfois. J'essaie de ne pas trop penser à lui.

– Tu sais, si tu en as besoin, tu peux me parler de Jimmy. Je t'écouterai.

Alexa lui sourit.

– Tu serais super copain avec Jimmy si vous vous connaissiez. Vous vous ressemblez. Vous avez tous les deux un grand cœur. Sauf que le tien est plein de paillettes !

Le chagrin de Nassir disparut dans un éclat de rire. Le dieu Soleil – ou était-ce la déesse ? – était doux ce soir-là, doux et blond comme du miel d'acacia.

***

Alexa regarda le piège à rêves, accroché à la tringle à rideau. Les plumes se balançaient, si légères...

– Je compte sur toi pour attraper mes cauchemars, dit-elle en éteignant la lumière.

Et dans le secret de la nuit, ses plus beaux rêves s'envolèrent jusqu'à Jimmy.

VOCABULAIRE

Drongo (en argot australien) :
idiot, gros nul.

Hinnankaga (en lakota) :
chouette, oiseau sorcier.

Hoka (en lakota) :
blaireau.

Kangi (en lakota, se prononce « kangri ») :
corbeau.

Kitsune (en japonais) :
renard.

Mato Sapa (en lakota) :
Ours Noir.

Ptan (en lakota) :
loutre.

Sungila (en lakota) :
renard.

Sunkmanitu (en lakota,
se prononce « cheunkmanitou ») :
coyote.

Wakinyan Chikala (en lakota) :
Petit Tonnerre.

Zuze'ca (en lakota) :
serpent.

POUR EN SAVOIR PLUS...

LE LANGAGE DES SIGNES
DES INDIENS D'AMÉRIQUE DU NORD

Au XIXe siècle, dans les Grandes Plaines du nord de l'Amérique, vivaient de nombreuses tribus indiennes, parlant plus de 300 langues différentes. Pas facile pour ces hommes de se comprendre !

Pour communiquer entre elles, ces tribus ont donc inventé un langage commun, avec les mains.

Le langage des signes se pratique principalement avec la main droite et comprend environ 800 mots.
Un, voire deux signes représentent un mot.
Une conversation s'organise ainsi :
– chacun commence par se présenter (chaque tribu a son propre signe) ;
– les signes s'enchaînent ensuite assez rapidement.

Voici quelques exemples de mots et les signes qui leur correspondent :

Sioux : tenir la main droite horizontalement, paume tournée vers le sol, juste sous le menton, puis faire signe de sectionner la tête.

Nez Percés : tenir l'index droit sous le côté droit du nez, puis pousser l'index vers la gauche en passant sous le nez.

Tipi : faire se toucher ses deux index au niveau de la bouche, pointés vers le ciel.

Oiseau : étendre les bras sur les côtés et agiter les mains pour imiter le battement des ailes, paumes tournées vers le sol et doigts tendus. Agiter les mains plus ou moins rapidement selon la taille de l'oiseau.

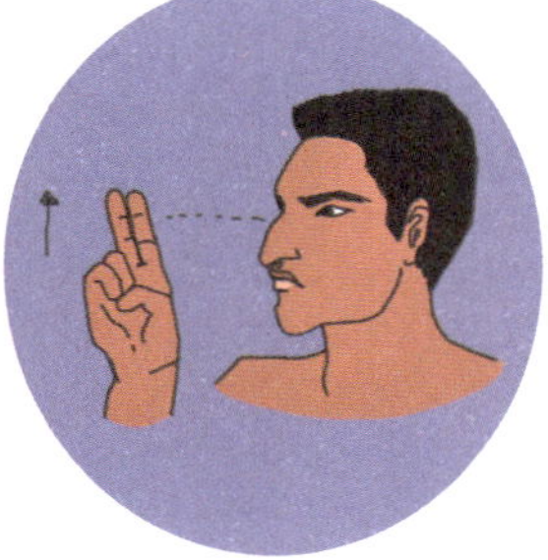

Ami : tenir la main droite à la hauteur du cou, fermée avec l'index et le majeur en l'air, se touchant. Lever la main jusqu'à ce que les extrémités des doigts atteignent la hauteur du visage.

Ennemi : faire le signe « ami » suivi du signe « non » avec le doigt.

LE TRAJET DU CANOT DANS LE PARC

DE L'ACADÉMIE BERGSTRÖM

SUIS LES AVENTURES DES KINRA GIRLS

k i n r a

1 2 3 4 5 6

7 8 9 10 11 12

13 14 15 16 17

+ 3 HORS SÉRIE !

DÉCOUVRE AUSSI LES ACTIVITÉS CRÉATIVES DES KINRA GIRLS

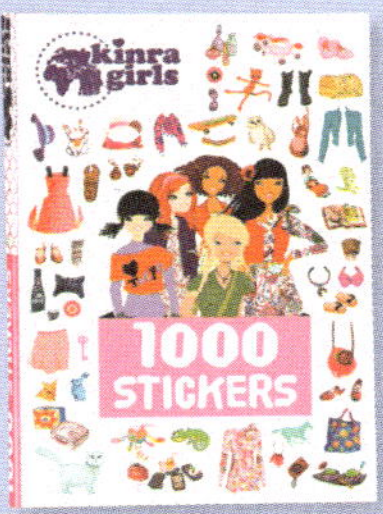

Pour décorer courriers et cahiers

Pour t'amuser pendant des heures

Pour toute l'année scolaire

À emporter partout

Pour créer tes looks préférés

Pour y écrire tes secrets

Crée tes bracelets brésiliens !

Une belle boîte à garder précieusement

Visuels non contractuels

Lili Chantilly

Découvre notre Lili aussi drôle que têtue
et suis-la au fil de ses aventures...

Tome 1

Depuis toute petite,
Lili adore dessiner, créer
et veut devenir styliste.
Mais son père s'y oppose…

Tome 2

Lili entre en sixième au collège Dalí,
une école d'art. Mais la rentrée
n'est pas de tout repos...

Tome 3

Un défi est lancé à la classe de Lili :
organiser un défilé de mode !

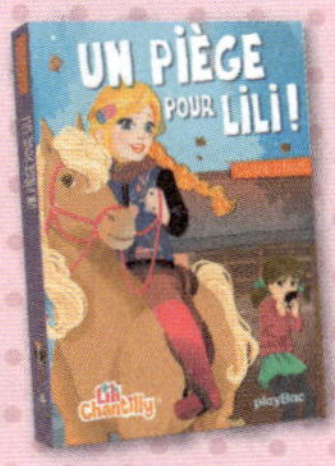

Tome 4

Lili passe beaucoup de temps
aux écuries, mais les pestes
ne la laissent jamais tranquille...

Tome 5

Le père de Lili vient passer quelques jours avec sa fille. Mybel, de son côté, monte un clan de style kawaï contre Lili…

Tome 6

De drôles de bruits réveillent les élèves de l'École Dalí en pleine nuit…

Tome 7

Lili est de retour chez elle… où une belle suprise l'attend !

Tome 8

La classe de Lili participe à un concours d'art.

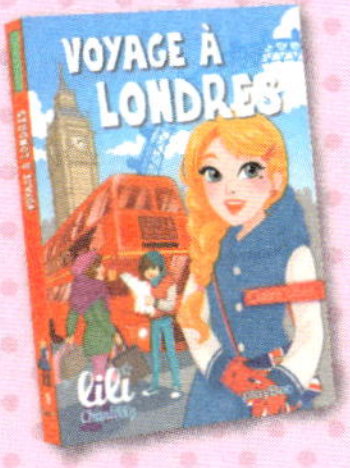

Tome 9

Lili reçoit le résultat du concours d'art.

Tome 10

Lili appelle enfin sa maman !

Tome 11

À PARAÎTRE (mars 2016)

ISBN : 9782809652932
Dépôt légal : juin 2015.
Imprimé en Chine.

Loi n° 49-956 du 16 juillet 1949 sur les publications destinées à la jeunesse.

Mise en page : Isabelle Southgate.
Mise au point de la maquette : Cédric Gatillon.
IGS-CP pour la photogravure.

Nous tenons à remercier pour leur contribution à cet ouvrage :
M. Baudry, S. Brault, J.-L. Broust, G. Burrus, A.-S. Congar, M. Dezalys, M. Joron, L. Maj, K. Marigliano, C. Onnen, C. Schram, M. Seger, N. Tran, K. Van Wormhoudt, M.-F. Wolfsperger.